心の窓

沢木耕太郎

幻冬舎

心の窓

ブックデザイン　幻冬舎デザイン室

私たちは、旅の途中で、さまざまな窓からさまざまな風景を眼にする。それは飛行機の窓からであったり、汽車の窓からであったり、バスの窓からであったり、ホテルの窓からであったりするが、間違いなくその向こうにはひとつの風景が広がっている。しかし、旅を続けていると、ぼんやり眼をやった風景のさらに向こうに、不意に私たちの内部の風景が見えてくることがある。そのとき、私たちは「旅の窓」に出会うことになるのだ。その風景の向こうに自分の心の奥をのぞかせてくれる「旅の窓」に。

そう、のぞかせてくれるのは「旅の窓」。そして、感じさせてくれるのは「心の窓」。

朝日のように

それは東京からフィンランドのヘルシンキに向かう飛行機の中でのことだった。私は、窓のブラインドを閉め、個人用のモニターで、機内のエンターテインメントとして用意されている映画を見ていた。

かつて映画評論家の淀川長治さんと対談した折、私が飛行機の中では本を読んでいると話すと、「まあ、映画を見ないなんてもったいない！」と、非難するような口調で言われたことがあった。以来、なんとなく、飛行機の中では映画を見なくてはならないという強迫観念が生まれてきてしまった。

まだ見ていなかった新作のハリウッド映画を二本ほど見終わり、伸びをしながら窓のブラインドを引き上げた。

すると、その瞬間、思いがけない美しい光景が眼に飛び込んできた。下からの柔らかい太陽の光を受け、飛行機の翼がオレンジ色に輝いているのだ。

それには、まるで山頂でご来光を仰いだときのような感動があった。そのときの太陽は、朝日ではなく夕日であり、すぐそこまで夜が近づいているはずであるにもかかわらず。

ライス・フィールド

稲田のことを英語でライス・フィールドというのだと知ったのは、アメリカやイギリスではなく、インドネシアにおいてだった。

バリ島に行った際、ウブドゥで泊まった小さなホテルのレセプションの女性が、「お部屋はライス・フィールドの前にあります」と言ったのだ。

二階建のコテイジの二階にあったその部屋は、まさに稲田という名の緑の海の真ん前にあった。

私はホテルに泊まるなら高層の階に泊まりたいと望むタイプの客である。できれば、遠く地平線や水平線が見渡せるような部屋に泊まりたい。しかし、そのウブドゥのホテルでは、すぐ眼の前に広がる稲田の美しさに圧倒された。

緑の稲以外なにもない。それが思いもしなかったほど心地よい。私は、広いベランダにある天蓋つきのデッキベッドに横になって稲田を眺めていると、いつも知らないうちに眠っていたものだった。そして、知ったのだ。私たち日本人には、稲が、食べるものとしてだけでなく、見るものとしても幸せをもたらしてくれるということを。

ギャルソンの誇り

パリ在住の日本人男性と、パリの図書館から図書館に資料を求めて移動するという取材を続けていた。

その日、午後二時近くになり、地下鉄レアール駅の近くで昼食をとることになった。同行の男性が連れていってくれたのは、エスカルゴのおいしい店だという。私には食べ物にまったく好き嫌いがないが、これまで、エスカルゴを食べて感動したことはない。

しかし、行って、食べて、驚いた。エスカルゴというのがこんなに充実した身を持っているとは思っていなかったからだ。エスカルゴそのものだけでなく、殻に残ったソースも独特で、それをすっかり平らげるために、パンのお代わりを頼んでしまうほどだった。

おいしいですね。私がサーヴしてくれている初老のギャルソンに言うと、軽くうなずいただけだった。それは、人によっては横柄な態度と受け取れるものだったかもしれないが、私には自分の店の料理に自信を持っているギャルソンの誇りの表れのように思えた。

もっとも、私が一枚写真を撮らせてくれますかと頼むと、胸を反らせるような仕草をしたが、これはたぶん、誇りとは関係のない、ちょっとした癖だったのだろう。

宙に浮かぶ男

イタリアの鉄道に乗ってトリノまで来ていた。チェックインをしたホテルを出て、街歩きを開始すると、すぐにサヴォイア家の王宮前広場に差しかかった。

見ると、その真ん中に不思議な二人組がいる。ひとりが棒のようなものを持って座り、もうひとりがその棒の先端を持っている。ぼんやり見ていると、棒の先端を握ったひとりが宙に浮いているように思えてくる。眼を凝らすと、モロッコの民族衣装ジュラバに似た赤い服の中に秘密の鍵は隠されているらしいことがわかってくる。しかし、そこを離れ、数時間後に戻ってきても、まったく同じ姿勢のままの二人がいる。いったいこの二人はどうなっているのだろう。喉は渇かないのだろうか。トイレはどうするのだろう……。

そこで、しばらくじっと見ていると、やがて仲間らしい二人が現れ、脚立に乗って円筒形のカーテンをすっぽりかぶせた。どうやら、その間にさまざまに必要な用事を済ますらしいが、それでもわずか数分でふたたび元の状態に戻った。

本当にご苦労なことだ……。私が歩み寄り、彼らの前に置かれている籠の中に二ユーロ硬貨を投げ入れると、下の男が眼を上げて、ニコッと笑った。

飛ぶものたち

スペインのマドリードにグラン・ヴィアという大きな通りがある。日本人の悪い癖を発揮して表現すれば、「東京の銀座通りのような繁華街」ということになる。

ある夕暮れ時、その通りに面している地下鉄のグラン・ヴィア駅の階段を降りようとして、ふと空を見上げた。

すると、高いビルディングのドーム状の屋根の上に、飾り物の彫刻が据えられているのが眼に入った。

背中に羽が生えているが、天使のようなかわいらしいものではないようだ。むしろ、ギリシャ神話にでも出てきそうな雄々しさが感じられる。しかも、いまにも飛び出しそうな力感にあふれている。

と、そこに一羽の鳥が飛んできた。

その自由な飛翔を眺めているうちに、屋根の上の人物に同情したくなってきた。ああやって、毎日毎日、自由に飛翔する鳥たちを眺めているのはつらいだろうな、と。自分も自由に飛んでみたいだろうな、と。

しかられて

フランスのノルマンディー海岸から車でパリへ向かう途中、一休みすることになり、カフェテリアのあるサービスエリアに入った。

私たちのテーブルの隣には若夫婦と小さな男の子が座っていた。男の子は若い父親の飲んでいるものが飲みたいとグズっている。しかし、カフェインが入っているらしく、若い母親に厳しく拒絶されている。

しばらくして、母親がトイレに立つと、父親がそっとコップを手渡した。男の子が嬉しそうに一口飲んだ瞬間、忘れ物をしたらしい母親が戻ってきてしまった。

「だめでしょ！」としかられた男の子は、驚きのあまり、ゴクンと飲み込むこともできず、上目遣《づか》いに母親を見ている。その顔があまりにもかわいらしく、私は咄嗟《とっさ》にカメラで一枚撮った。すると、他人の眼を意識した母親の表情も柔らかくなり、男の子の手からコップを取り上げて父親に渡すと、再びトイレに向かった。男の子は、私が自分の危機を助けてくれたということがわかったのか、照れたような笑顔を向けてきた。もし私にフランス語が話せたら、こう言ってあげられたかもしれない。「男同士は助け合わなくちゃね」と。

ヴェトナム・スタイル

経済成長が著しいヴェトナムでは爆発的に自動車の所有が増えているという。だから、久しぶりにホーチミンを訪れることになったとき、あのホーチミン名物のオートバイの長い隊列も消えているのではないかと思っていた。だが、実際は、依然として、至るところにオートバイの長い隊列は存在していた。

以前と変わっていたのは、オートバイを駆っている若い女性が黒いマスクをしていることだった。男性や年配の女性が黒のマスクをしていないところからすると、出産前の女体を排気ガスから守るためには黒が有効というような説があるのかもしれないと思った。

だが、ビンタイ市場の近くの裏道で、オートバイに乗ってもいないのにあのマスクをつけて歩いている若い女性とすれ違ったとき、これは一種のファッションなのかもしれないと気がついた。まさに、ヴェトナム・スタイルとでも呼ぶべき女性のファッションなのではないかと。

ただし、これは新型コロナウィルス感染症流行前のことである。流行後のいま、ホーチミンの若い女性の口元はどうなっているのだろう。

寒空の下、楽しげに

ドイツのライプツィヒは十九世紀の「文豪」ゲーテが住んでいた土地としても知られているが、街の中心にはそのゲーテが通っていたというレストランがいまでもあり、普通に営業している。

ある日、そこで遅い昼食をとって外に出ると、広場から男性の歌声が流れてくる。近くに寄ってみると、軍服姿の六人の男性が「ステンカラージン」を歌っている。

彼らの前に麗々しく掲げられている宣伝用のパンフレットには「ドン・コサック合唱団」とある。どうやらロシアからはるばるこの地まで出稼ぎにきているらしい。そう言えば、ライプツィヒは冷戦時に旧ソ連と同じ「東」の陣営だった東独の領内にある。

しかし、かつての友邦の市民たちは、この小ぶりのドン・コサック合唱団に、あまりやさしいとは言えなかった。前に置かれた籠には、彼ら自身が置いたと思われる「見せ金」以上のものはほとんど入っていなかったからだ。

それでも、寒空の下、中央の小太りの男性は朗々とした歌声を広場に響かせていた。楽しげに、いかにもただ歌うことが好きなのだというような歌い方で。

心奪われて

電車に乗って驚くのは、圧倒的に多くの人が手に携帯電話を持って操作していることだ。いや、そのこと自体には驚かなくなったが、その人たちの表情が一様に険しく、不機嫌そうに見えることだ。もしかしたら、本当はあまり楽しくないことをしているのではないかと思えてしまう。

だからかもしれない。私はアメリカにいて、ニューヨークの郊外にある小さな駅で見かけた風景に、心が和むような印象を受けた。

日曜の午前中ということもあったのだろう。客の姿がほとんどない。ただひとり、ベンチに座って、若い女性が本を読んでいる。しかも、なにをそんなに懸命に、と思えるほど熱心に、本に覆いかぶさるようにして読んでいる。

それは、東京でも稀に見ることがある、電車通学をしているらしい小学生の女の子が、少女向けの小説を読んでいる姿にどこか似ていた。女の子たちが、あんなふうに心を奪われるのなら、私もまた奪われてみたいなと思えるほど熱心に読んでいる。私は、駅のベンチで心を奪われたように本を読む女性に、しばし、心を奪われてしまった。

パパラッチ風

フランスはパリのモンパルナスの小さなホテルに泊まっていたときのことだ。

午後、文房具屋に用事ができ、モンパルナス大通りを歩いていた。すると、通りがかりのカフェに、びっくりするほど色の白い美女がひとりで座っている。年齢は若いと思われるが、いわゆるモデル体型でなく、「泰西名画」に出てくるような豊満さがある。あまり露骨に視線を向けてはいけないと思ったが、そこを通り抜けるまで眼が離せなかった。

私が、用事を済ませ、車道を挟んで反対側の歩道を歩いていると、そのカフェにまだ彼女がいる。女友達と待ち合わせをしていたらしく、二人でメニューを眺めている。私はつい、手にしたカメラを彼女に向けてしまった。

しかし、美女を遠くから「盗み撮り」風に撮るという行為が、なんとなく恥ずかしく、つい慌ててシャッターを切ってしまう。そのため、どうしてもいい写真が撮れない。

そのとき、なるほどな、と理解した。いわゆる「パパラッチ」が「セレブ」の女性を撮った写真というのは、どれも対象の女性が美しく撮れていない。それは、いまの自分のように、どこか心にやましいところがあるからに違いない、と。

人魚たちの踊り

インドネシアはバリ島のロビナという海岸で美しい少女たちを見た。

夕暮れどき、バスでようやくロビナに着き、ホテルに荷物を置いて海岸に出た。

そこは地元の子供たちの天国で、素裸だったり、下着だけだったりする少年少女たちが、さまざまな遊びをしていた。海の中に潜ったり、全身を砂に埋めたり埋められたり……。

そんなうちにも太陽はしだいに傾いていき、子供たちの姿がシルエットのようにしか見えなくなる。

と、その中の二人の少女が、海の浅瀬で不意に踊りはじめた。少女たちは、互いに腕を絡ませると、まるで影踏みをするかのように足を動かしはじめたのだ。

私には、それがどのような意味を持った動きなのかわからなかったが、夕暮れの中で静かな踊りをする少女たちの美しさに、思わず見とれてしまった。

バリ島では、ウブドゥという古都で、華麗な衣装を身にまとった少女たちによる古典舞踊も見たが、海の中で人魚のように泳ぎまわっていた少女たちの、この不意の踊りほどの驚きはなかった。

誰かに似ている

外国を旅していて、ふと遭遇した人が誰かに似ている、と思ったことはないだろうか。誰かに似ているということまではわかるのだが、肝心のその誰かがわからない。喉まで出かかっているのに最後まで思い出せず、胸のつかえが下りないままになってしまう。

しかし、一年ほど前にフランスで出会った中年の運転手はすぐに名前が出てきた。彼は、かのシャルル・ド・ゴールにそっくりだったのだ。私がそう指摘すると、よく言われるんだと頷いてから、つまらなそうに付け加えた。それで得したことはないけどね、と。

私が外国で見かけた「そっくりさん」の極北は、ヴェトナムの古都フエの王宮ですれ違った「小林秀雄」である。最晩年の小林秀雄よりいくらか鋭い感じはあるが、まずは当人が出会っても驚いただろうと思えるほど似ている。写真を撮らせてくれないかと英語で頼むと、軽く頷いて承諾してくれた。

どこかの隠居の散歩中というような軽装をしていたが、王宮を出ると、その前に停まっていた高級車に乗り込んで去っていった。この「ヴェトナムの小林秀雄」がいったいどのような人だったのか、いまでも不思議でならない。

死の海

スペインのアンダルシアにエスペホという小さな町がある。私は、世界の写真史上のひとつの「謎」を解き明かすために、何度となくその町に足を運んだ。

それが何度目のときだったかは覚えていないが、夏の終わりにコルドバから車に乗って向かっていると、途中で驚くべき光景を眼にすることになった。

見渡すかぎりのひまわり畑。だが、そのひまわりはすべて枯れているのだ。あるいは、それはひまわりの種を採るための畑だったのかもしれない。

それにしても。

地平線の果てまで、枯れたひまわりが続いているという光景は異様だった。

かつてソフィア・ローレンが主演した『ひまわり』という映画でも、ひまわり畑が重要な役割を果たしていた。そして、その燃えるような黄色のひまわり畑のシーンには、常にヘンリー・マンシーニの哀切な音楽が流れていたものだった。しかし、私が目撃したアンダルシアの黒いひまわり畑には、もちろん音楽など流れておらず、まさに死の海としか表現できないような不吉な沈黙があるだけだった。

昼寝の前にひと眠り

スペインのエスペホは美しい町だが、普通の旅行者が立ち寄るようなところではない。なにしろ、町に宿泊施設がないのだ。ホテルはないが、町の中心に何軒かのバルはある。私は取材に疲れると、そのうちのどこかでビールを飲むことになる。

その日も、朝から強い日差しの中を歩きまわり、汗みどろになってしまったため、バルでビールを飲むことにした。正午前だというのに客はいっぱいいて、みんなビールかワインを飲んでいる。私が、その昼間のバルの様子を写真に収めていると、ひとりの老人が「アレを撮れ」と指を差す。そこには、気持よさそうに眠っている、ちょっぴり太めの男性がいた。私がシャッターを切ると、バル中の客から笑い声が上がった。その声で眼を覚ました男性が、事情がわかると、私のカメラの液晶を見たがった。そこで見せると、本人が大笑いをして喜んだ。私はそのバルでさらに何杯か飲むことになってしまったが、昼間の宴会は店が閉まる午後二時まで続いた。

あの男性も家に帰るとシエスタ、午睡をとるはずだ。ここでの眠りは、昼寝の前のほんの小手調べの昼寝だったのだろう。

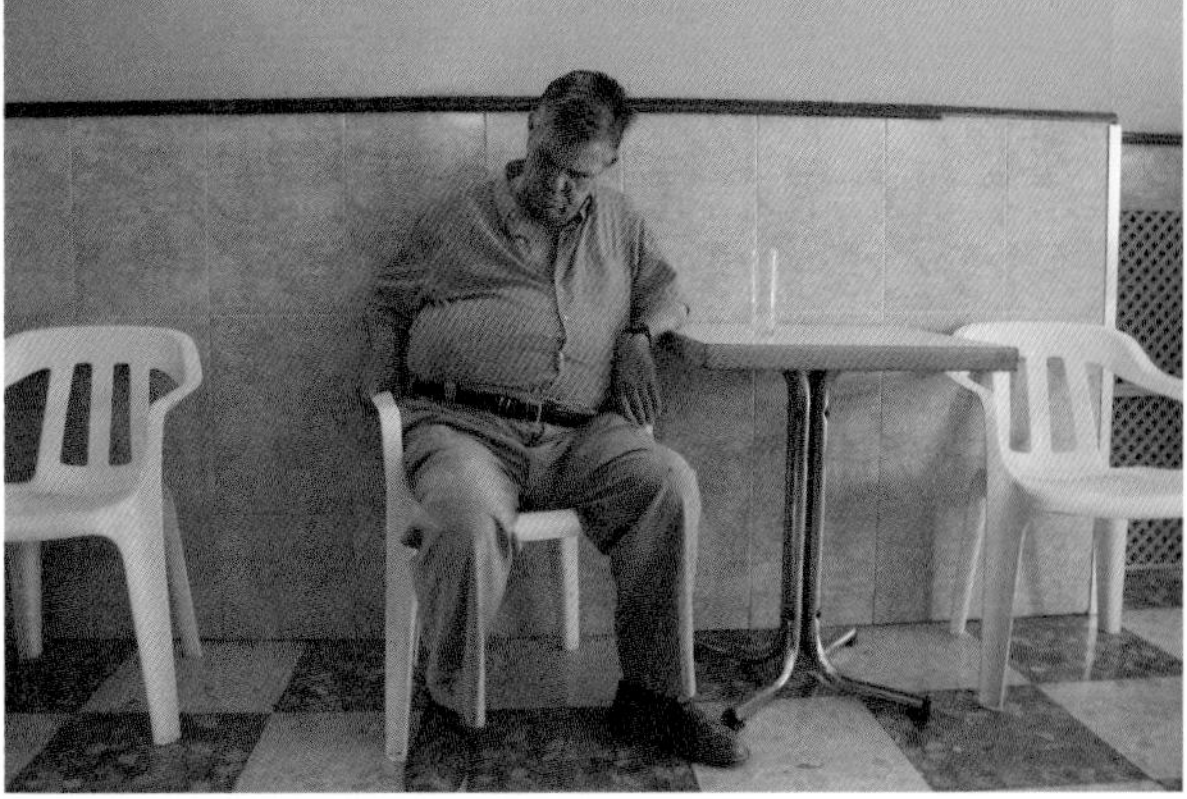

冬のリヴィエラ

そう言えば、以前「冬のリヴィエラ」という歌があった。リヴィエラというのは、イタリアとフランスを含む地中海沿岸のかなり広い地域をさす呼称だが、その歌を聞いても、舞台となっているのが具体的にどこの都市なのかよくわからなかった記憶がある。

しかし、その日、私は正真正銘「冬のリヴィエラ」にいて、夜の街を歩いていた。海岸通りから、泊まっている宿に戻るため広場を突っ切ろうとすると、そこに不思議なオブジェが林立しているのに気がついた。

細いポールの上に裸の男性の座像が据えられている。そんなはずはないが、なんとなく座禅をしているように見えなくもない。内部に色のついた照明器具が組み込まれているのか、体から赤や青や緑の光を放っている。

誰がどんな目的で飾ったのかはわからなかったが、この夜更けの寒空に、裸で座禅をしているかのような赤や青や緑のオブジェたちがちょっぴり可哀想に思えなくもなかった。

私のその「冬のリヴィエラ」は、コート・ダジュールの中心都市、ニースだった。

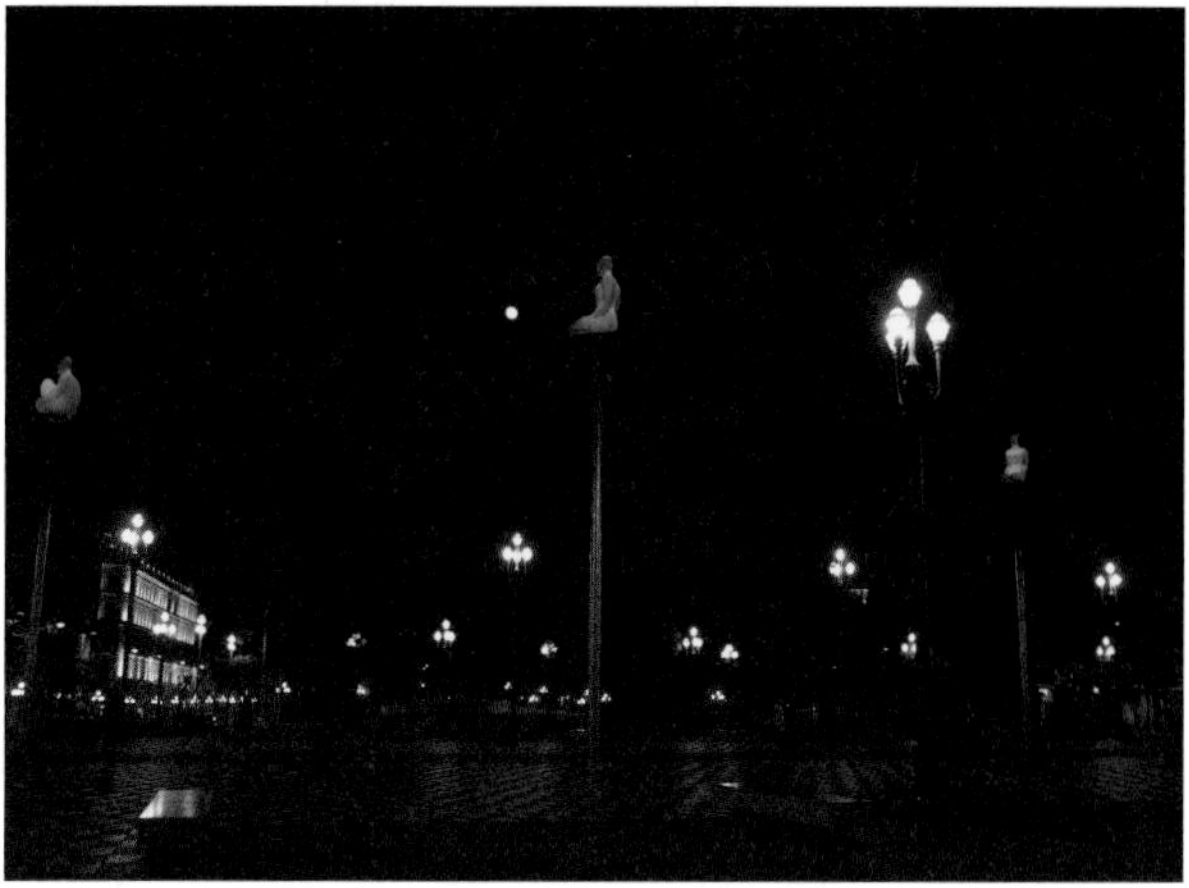

桃花源

もう十数年も前のことになるが、中国大陸を縦断する旅をしていて湖南省に差しかかったとき、地図に「桃花源」とあるのを見つけた。

桃花源が陶淵明《とうえんめい》の作品上の架空の地であり、だから、その桃花源があの桃花源とは無関係だということもわかっていた。だが、断るまでもなく、私にはおっちょこちょいなところがあり、どのように無関係かを確かめてみたいと思い、バスを乗り継いで辺鄙《へんぴ》なところにあるその村に向かうことにした。

すると、やはり、そこは田圃《たんぼ》があるだけのただの農村だった。そして、私のようなおっちょこちょいを泊まらせるために存在するかのように、ホテルが一軒ぽつんと建っていた。私は仕方なくそこに泊まることにして、帳場にいる幼い少女たちにパスポートを差し出したが、日本のパスポートを初めて見るという彼女たちは、クスクス笑いながら長いあいだ眺めていた。

もしかしたら、彼女たちにとっては、このときの私こそが、はるか遠くの「桃花源」からやってきた「稀《ま》れ人」だったのかもしれない。

豪华间 168 元
人间 120 元
人间 138 元
元

王者の孤独

プロのスポーツ選手のスーパースターは、巨額の金を稼ぎ出す。野球、サッカー、バスケットボール、テニス……。しかし、たった一試合で最高の金を得ることができるスポーツということになれば、ボクシングをおいて他にない。テレビのペイ・パー・ビューというシステムによって、一晩で数百万ドルを稼ぎ出すことができるようになった。

もっとも、そんなことができるのも、ほんの一握りのスーパースターに限られている。

数カ月前、アメリカのロサンゼルスに行った際、「ワイルドカード」という名のボクシングジムで、現代最高のスーパースター、六階級制覇のマニー・パッキャオの練習風景を見せてもらうことができた。彼はその一カ月後に予定されている試合で、奪われた世界タイトルを取り戻すため激しいトレーニングを重ねていた。

だが、外部から遮断されたジムの空間の中で、ひたむきに、ひたむきに練習メニューをこなしていたパッキャオが、あるときふっと見えない壁の向こうに眼をやったことがあった。その横顔からは、スーパースターの中のスーパースターしか見せることのない、深い孤独が感じ取れたものだった。

ある日、大きな波が

アメリカのハワイはサーフィンの聖地である。中でも、オアフ島のノース・ショアーには世界中のサーファーが憧れる有名な海岸が集中している。ワイメア、パイプライン、エフカイ、サンセット……。

しかし、それらの海岸も、西、ないしは北西からのうねりが入らなければ、サーファーの心を躍らせる大きな波は立たず、単なる子供たちの海水浴場になってしまう。

ある日、乗合バスでオアフ島を一周していると、そのノース・ショアーに北西からのうねりが入り、大きな波、いわゆる「ビッグウェーブ」が打ち寄せているところに出くわした。勇敢な若者たちが、危険を顧みず、サーフボードに腹ばいになり、パドリングをしながら沖まで出て行く。それを見ながら、私は羨ましくてならなかった。

こういう波に乗れるような経験を、若いときに積んでおきたかったな……。

いくつになっても、そしてどんなことでも、やってできないことはないと思っているようなところのある私だが、ノース・ショアーのこうしたビッグウェーブにだけは、もう絶対に乗れないと思うからだ。

偶然の宝石

ブラジルのアマゾンの奥地には、いまだ文明と接触したことのない種族が複数いるのではないかと言われているが、かつて私も、その数年前にようやく文明世界と接触したという種族の人々と会うため、アマゾン川を船で上流に向かって何日も旅したことがある。

夜はデッキにハンモックを吊るして眠るという旅の果てに、もはや純粋な種族としては存続できないのではないかという、「絶滅」寸前の人々とようやく会うことができた。そして、何人もの通訳を介し、いくつもの言語のリレーにより、ほんのわずかではあったが意思を疎通させることができたのだ。

もちろん、それはそれで極めて印象深い体験だったが、いまもくっきりと脳裡に残っているのは、その船旅の途中で立ち寄った一軒の家である。朽ち果てたような家の中から、一瞥《いちべつ》しただけでは男の子か女の子かよくわからないような美しい子供が、ふっと姿を現したのだ。他といっさい交わらなかった純粋な種族とは逆に、さまざまな大陸の血が混ざり合うことで、髪も顔立ちも何系と特定できない不思議な容姿を生み出す。まさに、それは偶然が生んだ宝石のような存在だった。

彼らのモンパルナス

ここ最近は、フランスのパリに行くと、モンパルナスの地下鉄の駅であるエドガー・キネかヴァヴァンの近くのホテルに泊まることが多い。

以前はサン・ジェルマン・デ・プレかオデオン周辺のホテルに泊まっていたのだが、カメラマンのロバート・キャパに関する取材を続けるようになって、彼と彼をめぐる人の多くが青春の日々を送ることになったモンパルナスが、私にも心地よく思えるようになってきた。

ここが貧しい時代の彼らがよく屯《たむろ》していたカフェだ。ここが名声を得た彼らがよく食事をしていたレストランだ。ここが……という店があちこちにある。

そうした中の一軒に「ドーム」という名の店がある。いま、その前の横断歩道を、杖を持った老人が渡っていく。

もちろん、それが、私の長く付き合ってきた人物たちであるはずはない。彼らは、生きていれば、優に百歳を超えている。しかし、私は、つい、前に回って顔を見たくなってしまう……。

Le Dome
ROTONDE

色に浮き立つ

私の苦手なものに、ウィンドー・ショッピングが好きな女性との街歩きがある。その楽しさがわからないため、つい苛立ってしまう。ところが、先頃、フランスはパリのオペラ通りを歩いているとき、私に思いがけないことが起きた。

オペラ座から地下鉄のピラミッド駅に向かって歩いていて、ふっと眼の端に留まったものがある。何だろうと思って立ち止まると、それはショー・ウィンドーの中にある女性用の靴だった。フラットシューズとでも言うのだろうか、ほとんどヒールのないパンプスのような靴が並んでいる。それもクレヨンの色見本のように気持のよい扇形をして並べられているのだ。私は、しばし、その前に立ち、眺めつづけてしまった。自分が履くはずもない靴だが、見ているだけで心を浮き立たせてくれるような気がする。

なんとフランスらしいディスプレーだろう……。そう感心しながらそこを離れたが、あとで調べてみると、このブランドはスペインのバレエシューズ・メーカーのものだった。

もちろん、あの日、私の心を明るく解き放ってくれたものが、フランス製であってもスペイン製であっても、少しもかまわないことではあったのだが。

Ballerinas

おかみさん

スペインのバルセロナで取材をしているとき、泊まっていたのはキッチンつきのアパートメント・ホテルだった。幸いなことに、そこは大きな市場の近くに位置していた。私は、その市場で、地中海で獲れた新鮮な魚介類を買い込んでは、刺し身にして食べたり、パスタの具材に使ったりして豊かな食事を楽しむことができた。

その市場の、海老や貝などを専門に商う店に、まさに「おかみさん」と呼びたくなるような女性がいた。動作がキビキビしているだけでなく、何日か続けて買いに行くうちに顔を覚えてくれ、量り終わったあとで海老を一尾よけいに入れたりするというおまけをしてくれるようになった。

ある日、彼女を写真に撮ろうとすると「やめてよ」と笑いながら手を振ったが、その声と仕草が、いかにも東京下町の商店街にいそうな「おかみさん」そのものだったことに驚かされた。

いまでも、その近くのスーパーマーケットで手に入れた、宝物のような醤油につけて食べた海老の刺し身のおいしさは忘れられない。

TENIM ANGULA
FRESCA

電話ごっこ

フランスのパリからスイスのベルンまで鉄道で行くことになっていた。フランスの高速鉄道であるＴＧＶを使えば五時間余りで着くという。

そこでパリのホテルでゆっくり朝食をとってから、地下鉄でリヨン駅に向かった。それでも発車まではたっぷり時間がある。

私が駅のベンチに座ってぼんやりしていると、二人の幼い兄と妹が、公衆電話の受話器に手を伸ばし、電話ごっこを始めた。

見ると、母親らしい女性がその向こうで電話をかけている。二人も、その真似をしたくなったらしいのだ。

そのうち、受話器のコードがこんがらがってしまい、妹が泣き出してしまったが、その二人のかわいらしい姿を見ながら、私はこんなことを考えていた。

果たしていつまで公衆電話がここにこのような数のまま設置されているだろう。そして、果たしていつまで幼い子供たちがこのような形状の電話を電話として認めつづけてくれるだろうか、と。

母と娘

アメリカはハワイのオアフ島。その北側にあるノース・ショアーの浜辺で波を見ているときのことだった。眼の前を二人の女性が横切った。

いや、その言い方は正しくなかった。まず、「眼の前」というには少し遠すぎたし、二人のうちのひとりは女性と表現するには幼すぎた。正確には、少し離れたところをひとりの女性とひとりの女の子が歩いていった、とすべきなのだろう。

私は、その二人が浜辺の端から姿を現し、横切り、もう一方の端に消えていくまで見つづけてしまった。

その二人は母と娘だった。

顔が似ていたわけではない。見えているのは二人とも横顔だったし、女性の方はサングラスをかけている。しかし、歩き方がそっくりだったのだ。手の動かし方、足の運び方。それが際立っていたのは、横に並ぶのではなく、前と後になって歩いていたせいかもしれない。まるでそれが、私には、「使用前」と「使用後」ならぬ、「成長前」と「成長後」の「女」のサンプルのように見えて、眼が離せなくなってしまったのだ。

黒い墓標

フランスのノルマンディーにアロマンシュ・レ・バンという海沿いの町がある。かつてそこは、第二次大戦末期、連合国軍の「ノルマンディー上陸作戦」において最も激しい戦闘が繰り広げられたところであった。

連合国軍の戦死者は小高い丘に埋められているが、その白い墓標に刻まれた年齢を読んでいくと、まだ十代の若者もいたりして胸をつかれる。だが、死んだのは連合国軍の兵士だけではなかった。守備についていたドイツ軍の兵士にも多くの死者は出たのだ。

少し離れたところにあるそのドイツ軍兵士の墓地には、連合国軍の墓地とは対照的に黒い五つの十字架がポツン、ポツンと立てられ、そのあいだに死者の名前と年齢が記されたプレートが埋め込まれている。

それを見て痛ましい思いがするのは、死者の年齢が三十、四十と高いことである。確かに十代の若者が命を落とすのも痛ましい。しかし、三十、四十の男たちには、きっと家族があったに違いないのだ。故国に妻や幼い子供を残して死んでいかなくてはならなかった中年の男たち。そこには、若者の死とはまた異なる痛ましさがあると思えた。

瞳の少女

もし、「モナリザ」を永遠の美女の代名詞とすれば、男は誰でも自分にとっての「モナリザ」を持っているような気がする。

私が写真に撮り、残っているもので、これぞ「私のモナリザ」と言いうるのは、何十年も前にインドで撮った一枚の中に写っている「美女」かもしれない。

それはインドのブッダガヤというところで出会った四、五歳くらいの少女だった。最下層のカーストに属するため、満足に教育を受けられない。そこで、家を離れ、アシュラムという名の一種の共同体に引き取られ、同年代の少年少女たちと共に暮らすことになる。

私がそのアシュラムに向かうのと同じトラックに乗せられて引き取られてきたということもあって、何日か一緒に日を送る間も、その少女のことが気になって仕方がなかった。

ある日、元気を出してもらおうとカメラを向けたが、喜怒哀楽のない表情でじっと見つめ返されただけだった。しかし、それは実に大きな美しい瞳で、私にとってはいつまでも忘れがたいものになってしまった。

彼女は、あれからどんな人生を送ったのだろう……。

ちょっとした贅沢

そのときもホテルの部屋を求めてパリの街を歩いていた。

メトロの駅で言えばオデオンからサン・ジェルマン・デ・プレにかけて、安そうなホテルに飛び込んでは、空室はないかと訊ねつづけた。だが、どこも満室と断られてしまう。七、八軒目に入ったホテルは、小さいながらロビーにしっとりとした落ち着きがある。空室があるか訊ねると、ある、と言う。しかし、料金を聞いて、諦めた。予定していた金額よりかなり高かったからだ。いったんはレセプションから離れかかったが、途中で気が変わった。たまには少しくらい贅沢してもいいだろう。やはり泊まることにしたと告げると、レセプションの女性はにっこり笑って、素敵な部屋ですよ、と言って喜んでくれた。

実は、私は、素敵な部屋に泊まりたかったのではなく、その女性がレセプションにいるホテルに泊まりたかっただけなのだ。彼女は、服装も髪形もシンプルながら化粧の薄い美しい顔立ちによく合っており、しかもその応対が、パリでは珍しいほどやさしいものだったからだ。もっとも、チェックインをしながら、「男って馬鹿ね」という女性の声がどこからか聞こえてきそうな気もしないではなかったが。

恐怖の自撮り

最近では、スマートフォンによる「自撮り」がさまざまな危険に結びつくものであることが喧伝されるようになったが、私もスペインのエル・エスコリアルという町で、究極の「恐怖の自撮り」に遭遇したことがある。

町を見下ろすことのできる断崖絶壁に観光客の一団がやってきた。すると、その中の、アフリカ系と思われるひとりの若者が、断崖の先に瘤《こぶ》のように突き出ている岩に向かって、十センチに満たない細い足場をスタスタと歩きはじめるではないか。それを見ていた人たちの口からほとんど「あっ！」という声にならない声が洩れた。足を踏み外せば断崖を真っ逆さまにどこまでも落ちて行くことになるからだ。しかし、その若者は瘤の先端に着くと、くるりと振り向き、おもむろにスマートフォンで自分を撮りはじめた。それも、恐怖などみじんも感じさせない、満面の笑みをたたえて。

撮り終わると、ふたたびスタスタとこちらに戻ってきたが、「恐怖の自撮り」に「恐怖」を覚えていたのは、当然のことながら撮っている当人ではなく、見ている私たちの方だった。

路地裏の哀愁

単なる男の後ろ姿なのに、どうしてこんなに心を騒がせるのだろう。

ところはスペインのコルドバ。

深夜、何軒かのバルをハシゴしたあと、軽く酔った私は細い路地を抜けてホテルに戻ろうとしていた。

その前をひとりの男が歩いていく。

彼がどんな容貌の人で、どんな思いを抱いて歩いているかはわからない。これから家に帰るだけなのかもしれないし、そこには誰かが待ってくれているのかもしれない。しかし、夜の街を、それも細い路地をひとりで歩いていく男の後ろ姿には、何ともいえない哀愁のようなものが感じられる。

もしかしたら私の背中にもそれに似たものが漂っているかもしれない。私は路地の途中で立ち止まると、自分の背中にも貼《は》りついているかもしれない「哀愁」を撮るような気持で、前を歩いている男の背中にカメラを向けた。

待つ男

かつて私は、『旅の窓』に「待つ女」と題してひとりの女性が誰かを待っている姿を捉えた写真を載せたことがある。

それはモロッコのマラケシュにある古いホテルのエントランスの前だったが、その彼女が待っていたのは「男」であった。

いま、ハワイのノース・ショアーの浜辺で、ひとりの男性が昼下がりの荒れる海を見つめている。常識的に考えれば、彼はサーファーで、いい波が来る「時」を待っている、ということになるのかもしれない。だが、明け方の数時間でビッグウェーブの「時」は去り、いまは波が不規則に砕ける、単なる遊泳禁止の海に変わっている。いい波は、明日の朝まで待たなくてはならないのは歴然としている。

私は、その背後から、何十分も、いや一時間近くも、じっと海に向かって佇んでいる姿を見ているうちに、もしかしたら彼は海ではなく、もっと別のものを見ているのではないかという気がしてきた。

何を？　たとえば、過去の自分、過去の栄光、のようなものを……。

貢ぎ物

インドネシアのバリ島に住む人たちはとても穏やかでやさしい。旅人が困っていたりすると、すぐに助けてくれる。しかし、そのバリ島で唯一恐ろしいことがあるとすれば、飼い犬とも野良犬ともわからない犬との遭遇である。

実は、バリ島には、至るところに鎖から放たれた犬が歩きまわっている。街を歩いていて、そうした犬とすれ違わなければならないときは緊張する。

ある日、バリ島で二番目に高い山をひとりで登っていて、大きな犬と遭遇したときは「絶体絶命」という言葉が頭に浮かんだほどだ。

どうしたらいいのか?

そのとき、非常食用に常にバッグに入れてあるビスケットを放り投げ、それを食べている隙に通り抜けたらどうかと閃いた。

作戦は大成功だった。以来、ピンチになるとビスケットを放り投げるようになったが、それはなんとなく、江戸時代の関所で小役人に賄賂を渡して通行させてもらう股旅の無宿者のような気がして、ちょっぴり惨めな気がしないでもなかった。

路地裏の聖母子像

二十代で初めてヨーロッパを旅したとき、あまり美術館や博物館には行かなかった。入場料がもったいなかったからだ。一日数ドルで暮らしている身には、数百円にもなる入場料は贅沢だった。ただ、無料で入ることのできたヴァチカン市国のサンピエトロ寺院で見たミケランジェロの、「サンピエトロのピエタ」と呼ばれる聖母子像は衝撃的だった。人がこのような作品を作ることができるのだろうかと思った。

以後、いくつもの教会や美術館で聖母子像を見たがこれを超える彫刻も絵画も見たことがない。ラファエロの一群の聖母子像は確かに美しい。だが、多少の言い過ぎを許してもらうなら、この種の美しさなら、現実世界でいくつも見たような気がする。世界中どこに行っても、そこに母と子がいるかぎり、彫刻や絵画の聖母子像に匹敵する姿を見ることができるからだ。

ヨーロッパだけでなく、アフリカでも、南北のアメリカでも、もちろんインドネシアのバリ島でも美しい「聖母子像」を見ることができた。

バスを降りた、すぐそこの路地で。

祈る人

台湾の台北に、日本の東京でいえば浅草のような匂いのする街があり、その中心に龍山寺という寺が建っている。

そこには多様な神仏が祀られており、その中に縁結びの神様がいるとかいうことで、地元、台北の女性だけでなく、日本や韓国からやって来た観光客の女性たちでもあふれ返っているという。

三十五年ぶりに台北を訪れた私は、ちょっとした冷やかし気分で立ち寄ってみることにしたが、一歩境内に足を踏み入れて驚いた。

そこで長い線香のようなものを掲げて祈っている女性も、ただ手だけを合わせて祈っている女性も、皆その顔つきが真剣そのものだったからだ。

中には、もちろん観光の延長として軽い気持で縁結びを願っている女性もいただろう。しかし、それ以外にも、多くの悲しみや苦しみから脱しようという、必死の祈りを捧げているように見える人が少なくなかった。粛然とさせられた私は、写真を一枚撮らせてもらうと、静かに境内から退出することにした。

廃墟の闇

かつて時代小説家の山本周五郎は「曲軒」というあだ名をつけられていた。少し臍曲《へそ》がりなところがあるからというのだ。それほどではないが、私にもちょっと臍曲がりのところがあるかもしれない。たとえば、旅先でも、あまり人が多く訪れるような観光地には行きたくなかったりする。

だから、去年、地続きでインドシナ半島を旅していたときも、カンボジアをバスで縦断しながらアンコールワットに行くつもりはなかった。

ところが、シェムリアップで乗ったトゥクトゥク〈簡易タクシー〉の、少年のように若い運転手があまりにも必死に勧めるため、ついアンコールワットへ立ち寄ることに同意してしまった。

行ってみると、やはり観光客は大勢いて、げんなりさせられてしまったが、四時間後にそこを出る頃には、あと数日滞在してアンコールワットだけでなく他の多くの遺跡群にも足を延ばそうと思うようになっていた。いくら観光客がいようと、この壮大な廃墟の闇の深さにはまったく関係ないことがわかったからだ。

アンコールワットの恋人たち

カンボジアのアンコールワットにはさまざまな人々が見物客として押し寄せてきている。個人旅行者、家族旅行者、団体旅行者……。

正面の入り口から階上に登っていくと、通路の奥の出窓のようなところに、ぴったりと肩を寄せ合った若いカップルがいる。

あまり邪魔をしてはいけないだろうと、そそくさと通り過ぎた。

そこからさらにいろいろなところを見てまわり、三十分ほどしてふたたびそこを通りかかると、ほとんど身動きもしなかったらしく、まったく同じ姿勢で身を寄せ合っている。

さらに鐘楼に登って一時間ほどして戻ってきても同じように肩を寄せ合っている。

逆光のためカンボジアの恋人たちなのか、外国からの観光客なのかよくわからなかったが、その彫像のような二人の姿は、アンコールワットの壁に刻まれた見事なレリーフより、はるかに私の胸に深く刻まれることになった。

まさにそこだけ時間が止まっていた。

それなあに？

カンボジアの首都プノンペンでは、メコン川と合流するトンレサップ川のほとりに宿を取った。ホテルの前には広場があって、日が落ちると、観光客に代わって夕涼みがてら散歩をするプノンペン市民たちの姿が目立つようになる。

ある日、私も一眼レフのカメラを手にぶらぶらしていると、向こうから若いお父さんに連れられた可愛い子が歩いてきた。写真を撮ってもいいですかとお父さんにジェスチャーで訊ねると、どうぞどうぞとジェスチャーで返してくれる。

そこでその子にカメラを向けると、怪訝そうな表情を浮かべる。カシャカシャと何回かシャッターを切ると、その怪訝そうな表情は困惑した表情に変わった。

そのとき、ようやく気がついた。もしかしたら、この子は、カメラというもので写真を撮られたことがないのではないかと。そう言えば、この国もまたスマートフォンの天下であり、カメラで写真を撮っているような人はひとりもいない。その子は、私にこう訊ねたかったのだろう。

「それなあに？」

炎のデザート

カンボジアのプノンペンでは一晩だけラッフルズホテルに泊まることがあった。そして、その日の夕食は、街に出るにはあまりにも疲れすぎていたため、ホテル内のレストランのビュッフェで済ますことにした。

料理はそれなりにおいしかったが、やはり作り置きされた料理は「それなり」の域を出ない。しかし、最後のデザートは、若いシェフがその場で作ってくれるらしい。何かリコメンド〈推薦〉してくれないか頼むと、葡萄のソテーはどうかという。

大ぶりの葡萄の皮を剝き、半分に切って種を取り、フライパンにバターを引いてソテーをし、最後にブランデーを振りかけてフランベする。食べてみると、ソテーされることで葡萄の甘みが凝縮され、ブランデーの香りがそれを複雑なものにしてくれている。私は、ふと思いついて、その皿にバニラのアイスクリームを添えてくれないかと頼んだ。

すると、それはかつて私が食べたデザートの中でも一、二を争うおいしさになった。葡萄のソテーのアイスクリーム添え。日本でも、これをメニューに取り入れてくれる店がないものだろうか、と思うほどに。

別れの余韻

旅立ちの別れに涙が伴わなくなってどのくらいになるのだろう。

かつては涙がつきものだったが、いま、旅立ちの別れに際して涙を流している人を見かけることはほとんどなくなってきた。

だが、先頃、イタリアのシシリー島を旅していて、久しぶりに旅立ちの涙を目撃した。パレルモ駅で、海を渡って遠いローマに向かう列車に乗ると、前の席に十代半ばの少女が座った。プラットホームには父母らしい男女がいて、盛んに別れの言葉を口にしはじめた。そして、列車がプラットホームから離れると同時に少女の眼から涙があふれ出した。

私にはその涙がとても美しいものに思えた。

ところが、である。少女は駅を離れて五分もたたないうちに携帯電話を取り出し、誰かと話しはじめた。しかも、しばらくすると、その相手が彼女のマンマ、母親だということがわかってきた。なんと、別れたばかりの母親と携帯電話で話しはじめていたのだ。

私は、もう少し「別れの余韻」を味わってほしかったなと思ったが、彼女にとってはそんなことはよけいなお世話だったにちがいない。

時計に住めば

パリにある美術館の中では、ピカソ美術館と並んでオルセー美術館が好きだ。展示されている作品もすばらしいが、一番の気に入りは時計である。かつて鉄道の駅舎だったオルセー美術館には、当時から使われていたという金色の大時計とは別に、透明な文字盤の大時計が壁にはめ込まれている。建物の外から見れば、単なる大時計にすぎないが、中から覗くと、文字盤の向こうにパリの市内が見渡せる。

その日はゴッホの作品を一堂に集める特別展が開催されていたが、やはりそれを見終わると、私はいつものように大時計のあるフロアーに上がり、パリの市内の風景を眺めることにした。

そこには、私だけでなく、すでに何人かがいて、吸い寄せられるようにガラス張りの文字盤の方に向かっていく。私もそこに向かいながら、時計の中に入っていくような、時計の住人にでもなったような不思議な気持がしてくる。もし、ドイツの小さな街の市庁舎などについているカラクリ時計の中に、本当におとぎの国の小人が隠れていたりしたら、きっとこんな風景が見られるのだろうなと思いながら。

日常の神々しさ

ラオスとカンボジアの国境付近に、シーパンドンというところがある。日本語に訳せば「四千の島」という意味になるらしい。まさに、大河であるメコンの流れに無数の島々が浮いているのだ。

そこにデット島という小さな島があり、バックパッカーの聖地のひとつになりつつあるという。そこは、まず、「何もない楽園」として、フランスの若者たちによって「発見」されたのだともいう。

確かに、褐色のメコンの水の流れ以外は何もない。あまりに何もないものだから、欧米から来たらしい若いカップルが途方に暮れたように引き上げていく姿をよく見かけた。だが、私はメコン川に面した、一泊千円の宿に泊まり、飽きることがなかった。

ただ、ある日の夕方、西に傾きはじめた太陽の光を浴びて、親子らしい二人を乗せた小舟が漁をしているのを見たとき、もしかしたら、自分はこんなところでこんなことをしていてはいけないのではないかと思ってしまった。その小舟の周辺には、普通の生活をしていることの美しさが神々しいまでに宿っていたからだった。

虹

若い頃は、大きな仕事が終わると、金をかき集めてハワイのホノルルに渡り、ワイキキの安いアパートを借りて長期滞在をしたものだった。

そこからハワイ大学の図書館に通いながら、次の仕事に何をするか考える……。

子供が生まれて、そのような日々とも無縁になってしまったが、最近、久しぶりにワイキキでアパート生活を送った。

借りたのは、以前と同じく、海側ではなく山側のアラワイ運河沿いの部屋である。私は夕日の沈む海よりも、朝日の昇る山側の風景が好きなのだ。しかも、そこは、夕方によく降る雨のあとには、必ずといってよいほど美しい虹がかかる。

ハワイに着いた日の夕方、アパートの小さなラナイから外の景色を眺めていると、細かい雨が降り出した。そして、しばらくしてそれが止むと、まるで久しぶりの私の来訪を祝ってくれるかのように、以前とまったく変わらない美しい虹が出た。

山と、虹と、私と……。

以前と違っていたのは、私がもう若くはないということだけだったかもしれない。

真剣勝負

ハワイはワイキキのアパートを借りて何をしていたかというと、毎日、ハワイ大学の図書館に通って本を読んでいた。とりわけシンクレアという名の図書館には、外気を盛大に取り込んだ気持のよい読書室があって、そこにいるだけで幸せな気分になってしまう。休暇中ということもあってか学生たちはあまりいず、いてもひとりでスマートフォンをいじっているか、誰かとおしゃべりしているかだ。

しかし、その片隅に、いつもひとりの女子学生がいて、東洋系の老人から何かのレクチャーを受けている。老人は大学の教授とは思えない。あるいは、市井の人から、特殊な言葉の教授を受けていたのかもしれない。ただ、彼女たちの周辺にだけは、いつもピーンとした空気が張り詰めていた。

それは、私がホノルルに滞在している一カ月半のあいだ、朝の九時から午後の一時まで、一切のブレークを入れずに毎日繰り返される光景だった。

私はすばらしいなと思った。そこには人が人から何かを教わるという行為の、最も美しい姿があるように思えたからだ。

気持それぞれ

ハワイのオアフ島には何度も行っているが、地図を見れば知らないところばかりである。

ある日、バスに乗って、そんな一カ所であるカイルアという町に行ってみた。下車した停留所の近くの店で、予想外においしいピザとビールで腹ごしらえしてから、美しいと評判の海に向かった。

その途中、脇の道から老人と男の子が出てきて、私の前を歩きはじめた。老人は手にビーチチェアーを持ち、男の子は海岸で使うらしいおもちゃの入った小さな荷車を引いている。

おそらくは祖父と孫なのだろう。

祖父は孫と海に行けることの喜びを背中に漂わせながらゆっくり歩いているが、男の子は道の向こうに広がる海に一分でも、一秒でも早く着こうと急いでいる。

その後ろから歩いている私は、おじいさんの気持を汲んで、男の子にもう少しゆっくり歩いたらと言いたいような、男の子の気持を汲んで、おじいさんにもう少し急いであげたらと言いたいような、奇妙な気持になったものだった。

台北のハンコ屋さん

私が台北に行くつもりだと話すと、友人がこんなことを教えてくれた。龍山寺の近くに、とても安くハンコを彫ってくれる店があるらしい。ネット上のブログで知ったのだが面白そうなので行ってみたら、というのである。友人は、私が自著にサインをするときに押す落款のようなものを欲しがっていることを知っていたのだ。

そこで、龍山寺に行ったついでに探してみると、年配のおばさんがひとりでやっているハンコ屋さんがすぐに見つかった。値段を訊くと本当に安い。そこで、「耕」の一文字を彫ってもらうことにした。

数時間後に行ってみると、ハンコは出来上がっており、おばさんが得意げに紙に押してくれた。

それを見て、笑い出してしまった。私の書いた字のあまりの拙さに、おばさんは誤解し、「耕」を二つに分解して「耒井」という日本人によくあるような、しかし絶対にありえない二文字の姓に変えてしまっていたのだ。私は日本に帰り、そのハンコを机の上の紙に押しては、もっと字の練習をしようと、小学生のようなことを考えているのである。

天国へのいざない

これまで、異国を旅していて、さまざまな寺院を訪れたが、見上げて驚かされた天井が三つある。

ひとつはヴァチカンのシスティーナ礼拝堂の天井、ひとつはイスタンブールのブルーモスクの天井、もうひとつがトリノのコンソラータ大聖堂の天井の三つである。

だが、驚いたということだけで言えば、三つの中で最も驚いたのはイタリアはトリノのコンソラータ大聖堂だったかもしれない。ミケランジェロの描いた天井画があるシスティーナ礼拝堂の天井と、精緻なモザイクで覆いつくされたブルーモスクの天井に対しては驚くことへの用意があった。ところが、トリノのコンソラータ大聖堂は、街歩きの途中、疲れたので一休みしようということで入っただけであり、いわば通りすがりの寺院とでも言うべきものだった。しかし、中に入って祭壇の前に並んでいるベンチに座り、何げなく天井を見上げて息を呑んだ。

そこはまさに、天井のさらに上の彼方、天国と呼ばれる天上の国へいざなってくれるかのような輝きに満ちていたからだ。

滋養強壮

タイのバンコクには、大きなチャイナ・タウンがあり、そこもまた他の国のチャイナ・タウンと同様に、いくら歩いても飽きることがない。

ある日、細い路地を歩いていると、屋台の店先に驚くようなものが並べられているのを目撃した。黒焦げの海老、ではなく、どうやらサソリのようだ。それが串に刺されて、何本も直立している。

「これを食べるのか？」

屋台の背後にいる中年男性にジェスチャーで訊ねると、理解してくれたらしく、頷く。

「おいしいのか？」

覚つかないタイ語と中国語と英語を連射して訊ねると、そのどれかの弾に当たったらしく、男性はにやりと笑ってポパイ風に両腕を掲げ、力瘤を作る仕草をした。

なるほど、滋養強壮、という代物らしい。

だが、興味は引かれたものの、ついに買って食べてみるというところまではいかなかった。旅先で妙に「滋養強壮」になってても困るしなあ、と思ったわけでもないのだが。

女系図

インドネシアの神々の島、バリ島では、一年中どこかの町や村で祭事が行われているという。

島の中心部にあるウブドゥに着き、私が泊まった次の朝も、近くの寺院で祭りが行われていた。私は、宿の男性スタッフにバンダナのようなウダンというものを頭に巻いてもらい、バリ風の正装をして寺院に出掛けた。

いくら正装していても、外来の者だということは一目でわかるのだろう。どうしていいか迷っていると誰かがそっと教えてくれる。

印象的だったのは、そこに来ているのが高齢の人ばかりでなく、あらゆる年齢層にわたっているということだった。祖母と母親とその娘の三代が並んで座っている、というような家族があちこちにいる。

そんな女性たちを見ていると、世代による進化の過程がわかるような気がして楽しくなってくる。いや、「進化の過程」などと言ったりするとお叱りを受けてしまいそうだ。ここは正確に「変化の過程」と言い直しておこう。

人生の長い坂

フランスのパリには大きな墓地が三つある。モンパルナス墓地、モンマルトル墓地、そしてペール・ラシェーズ墓地だ。

秋、私はその中でも最も大きいといわれているペール・ラシェーズ墓地に行き、ゲルダ・タローという若くして死んだ女性カメラマンの墓を探しながら歩いていた。

ふと、眼を前に向けると、道は少し坂になっており、そこをひとりの老人が歩いていた。ちょうど傾いた秋の陽光が真横から並木に当たり、一本ずつの筋のようになった影を舗道に落としている。

私は立ち止まって、その老人の後ろ姿と、坂の上に落ちた樹木の影を見ながら、胸のうちで嘆声を上げていた。

——まるで人生の縮図のようではないか！

細かったり太かったりする影は、あたかも人が生きていく中で乗り越えていかなければならない困難のようであり、老人が歩んでいる坂は人生の行程そのもののようであったからだ。

テラスの二人

カンボジアのアンコールワットでは、テラスで肩を寄せて動かないジーンズ姿の若い二人を見た。ところが、その反対のウィングにあるもうひとつの石のテラスでは、民族衣装風のきらびやかな服を身にまとった二人の男女が立っているところを見た。

もし、中国人の最近の結婚式事情についての知識がなかったら、雑誌のグラビア撮影かなにかと思ったことだろう。彼らはカンボジア人のようだったが、念のため撮影スタッフの一員に訊いてみると、やはり想像通り、近く予定されている結婚式に向けての記念撮影をしているとのことだった。

しかし、年齢が、いくらか高いような気がする。そこで、さらに訊ねてみると、男性は三十過ぎであり、女性もそれに近いという。その年齢の意味するところが、カンボジアもまた晩婚化しているということなのか、単に彼らが結婚しようとしたのがその年齢だったのかというところまでは、お互いの英語力不足のためわからなかった。

ただ、どちらにしても、彼らはその一世一代の舞台の上で、なんとなくぎこちない動きしかできないでいるようだった。

待って！

カンボジアのアンコールワット遺跡群をひとつひとつ見てまわっているとき、小さな寺院の奥の方で白人の女の子が熱心に絵を描いているところにぶつかった。近くには母親らしい金髪の女性が立っていて、じっと見守っている。

何を描いているの。私が英語で訊ねても顔を上げずに一心不乱に描いている。母親が、訊いているわよ、と言っても顔を上げない。

もっとも、それはフランス語だったので、たぶんそう言っていたのだろうと思うだけだったが。

しばらくして、私がその場を離れようとすると、少女は、待って、というように小さく叫んで、絵を見せてくれた。彼女は、完成したものを見せたかったらしいのだ。

母親によれば、いまは学期中だが、彼女の通っている学校では、旅先で独自に勉強をしていれば休んでもいいことになっているのだという。

この絵なら、充分に勉強をしていたことの証明になりますね。私がそう言うと、母親は嬉しそうに、ありがとう、と言った。

ZIA
MAMAN

国獣

国獣という言葉が熟した言葉かどうかわからないが、それをその国を象徴する動物のことだとするなら、たとえばオーストラリアではカンガルーなのだろうし、日本ではトキということになるのだろう。

ラオスのパクセーという町で行きずりのホテルに飛び込み、いつものようにまず部屋を見せてもらってから泊まるかどうか決めようと思い、レセプションで鍵を借りた。

ひとりでエレベーターに乗り、階上にある部屋の鍵を開け、中に入った。次の瞬間、ここにしようと決めた。部屋の内装は特別どうということはなかったが、ベッドの上に、バスタオルで折られた可憐な象が二頭でお出迎えをしてくれていたからだ。

それはまさにタオルの芸術とでも呼びたいもので、以後、ラオスのホテルの多くで、このタオルの象のお出迎えを受けることになった。

聞けば、国を象徴する動物が象なのだという。

ラオスでは、町中でさほど象の実物を見る機会はないが、ホテルに泊まればかなりの確率で国獣の象に出会えることになっていた。

鍋をつつく

向田邦子さんにこんなことを書いているエッセイがあったような記憶がある。

——結婚していない男女が飲食店で鍋をつついている場合、その二人の仲はかなり深いものになっているはずだ……。

それを眼にして以来、私も知り合いの女性と食事をする場合、別に「やましい」覚えがなくとも、なんとなく鍋料理は避けるようになってしまった。

夜、ラオスのパクセーで、長距離バスの予約をした帰りに一軒の食堂に入った。何を食べようか迷ったが、言葉も通じず、メニューも読めない。そこで、みんなが食べているラオス風の鍋を頼むことにした。

その店に、誰かを待っているらしい若い女性がいた。しばらくして、若い男性がやってきて、二人はみんなと同じ鍋をつつきはじめた。そして、ほとんど会話もせずに食べ終えると、私より早く店を出ていった。その二人を見て、どこの国においても、向田説は正しいのかもしれないと思ったことだった。まったく、よけいなお世話と言われそうだが。

Beerlao

肉屋の娘

カンボジアのプノンペンで私が泊まっていたホテルの裏には大きな生鮮食料品の市場があり、野菜や魚介類や卵といったもののほかに、もちろん各種の肉も豊富に売られていた。その肉屋の一軒に中学生くらいの少女がいつも肉を切っている店があり、私は通るたびに足を止めるようになった。豚肉を、まるで魚を三枚に下ろすように切りながら、切り離さないで平べったい一枚の薄切り肉を作っていく。その手際もなかなかのものだったが、なにより幼い少女が家の手伝いをしていることに心を動かされてしまったのだ。

――学校には行けていないるのだろうか……。

ところが、ある日、ふと手の爪を見ると、黒いマニキュアが塗ってあるではないか。そこで、よく顔を見ると、中学生などではなく、もしかしたら歴《れっき》とした娘さんなのではないかという気がしてきた。

どちらにしても家の手伝いをしているという健気さは変わらないはずなのに、それ以来、なんとなく私の見る眼が違ってきてしまったのはなぜだったのだろう。

さよならオスカー

フランスのパリでしばらく私の定宿になってくれていたのは、セーヌ川沿いの小さなホテルだった。それは、かなり昔からあったらしく、レセプションの前には、顧客だったという有名文化人の写真が何枚も掲げられている。といっても、ゴダールやゲンズブールではなく、あるいはサルトルやカミュでもなく、ボードレールやヴァレリーという古さだ。

その中にはフランス人以外もいて、オスカー・ワイルドの写真もある。

ワイルドは、『幸福な王子』や『ドリアン・グレイの肖像』を書いた作家でしかなかったが、こんな小さなホテルに泊まっていたということになると、私がいつも泊まっているルーヴル美術館を望む小部屋に滞在していなかったとも限らないという気になる。それによって、随分とワイルドが親しい存在に変化したものだった。レセプションの前を通るたびに軽く眼で挨拶をするほどに。

だが、ある年そこを訪ねると、私が好きだった部屋は見違えるほど綺麗になっており、宿代も驚くほど高くなっている。それと共に、親しくなっていたワイルドともお別れということになってしまった。

Oscar WILDE

歩きたくなる湖

アメリカはニューヨーク郊外のラインベックというところに知人の写真家が住んでいる。彼の家は小さな湖のほとりに建っており、母屋とスタジオのほかに来客用のコテイジが用意されている。

彼の家に着いた翌日、そのコテイジの二階で眼を覚ました私は、窓のカーテンを開けて息を呑んだ。湖は一夜にして氷結し、その氷の上には雪が降り積もっている。

私は寝巻を着替えると、外に出た。

しばらく、湖のほとりで眺めていたが、やがて不思議な気分になってきた。その中心に向かって、どこまでも歩いていきたくなってしまったのだ。

氷結しているといっても、昨夜までは水面に氷のかけらもなかった。まだ、きっとどこかに薄いところがあり、歩きなどしたら、割れて落ちてしまうに違いない。しかし、歩きたいという思いは強くなるばかりだ。

どうしてそんな思いが生まれたのかよくわからないまま、私はひとまず、湖の岸から中心に向かって延びている桟橋風の細いボードウォークを歩きはじめた……。

輝くような

ロンドンの大英博物館に行くたびに、この膨大な収蔵品を無料で見せてくれるイギリスの「太っ腹」に感心してしまう。もちろん、エジプトやギリシャにしてみれば、それらの多くは「盗品」ということになるのだろうが、イギリスに「盗まれ」ていなかったとしたらどうなっていただろうと思わないわけにいかない。

その日、大英博物館を出てくると、木のベンチに腰を下ろしてひとりの僧侶が熱心に何かを読んでいる。見ると、大英博物館内のマップのようで、どのように見学するかの作戦を立てているらしい。

彼の身にまとっている僧衣はアジアの仏教寺院でよく見かける色のものだが、顔立ちはアフリカ系かアラブ系ではないかと思うほどで、肌の色も漆黒に近い。それが秋の陽光を浴びてまるで輝くようだ。

私は美しいなと思い、さらに彼に、館内の遺物より、生きているあなたの姿の方がよっぽど見るに値するものですよと伝えたくなった。もちろん、そんなことを言っても、彼には何を言われているのかさっぱりわからなかっただろうが。

やさしい手

フィンランドのヘルシンキ。

そこにある鉄道の中央駅も、ヨーロッパの他の大きな都市の中央駅と同じように、始発駅であると同時に終着駅でもある。

私がその構内を歩いていると、プラットホームに列車が到着した。そこから降りてきた客の中でも最後近くに降りてきた親子連れが、不意に駅の出口の近くで立ち止まった。

そして、お母さんが小さい女の子に向かって、何かきつい口調で叱りはじめた。もしかしたら、女の子がわがままなことでも言ったのかもしれない。

女の子はみるみる表情を歪め、泣き顔になりかけた。

そのとき、そばに立っていたお兄ちゃんらしい男の子が、女の子の背中にそっと手を伸ばし、撫でるように触れてあげた。

ただそれだけで、女の子は泣かずに我慢することができた。

やがて、その三人は構内から立ち去ったが、私は「きょうだい」というものの神秘的な関係性を見せられたような気がして、少し胸が熱くなった。

夜のレストラン

エストニアの首都タリンの旧市街は、まさにヨーロッパの中世が息づいているような建物が立ち並んでいて、異国から多くの観光客を呼び込んでいる。

夜、そこをぶらぶら歩いていると、一軒の飲食店の前で、真剣にメニュー表を眺めているひとりの若い旅行者風の女性を見かけた。

寒くなりはじめたタリンで、店の中はいかにも暖かそうだ。

しかし、彼女はしばらく眺めたあとで、諦めたようにその前から立ち去っていった。

私は若い旅人のこういう姿を見ると、微かに胸が痛む。それは、かつての自分の姿を思い出すからかもしれない。

——今夜の食事をどこでとろうか……。

安くておいしそうなレストランを求めて、ここぞと思う店の前に立ってメニューを検討する。食べたいものがなければ話は簡単だが、あっても値段が高すぎるためにその前から立ち去らなくてはならないときのものがなしさ。

果たして彼女はどちらだったのだろう。

RUKIS
RUKIS

はて？

去年の秋のことだ。私はイギリスのロンドンにいて、ピカデリー通り沿いにあるコーヒーショップのカウンターで朝食をとっていた。

ふと気がつくと、車道を挟んだ向こう側の歩道に男性が座っている。物乞いだろうか。しかし、彼は通行人を無視して熱心に本を読んでいる。読書をしている物乞いというのを、私はこれまで見たことがない。思わず、一枚撮らせてもらうことにした。

ところが、日本に帰り、写真を拡大して、彼は本当に物乞いだったのだろうか、と思えてきた。私は、彼の横に置いてある紙のカップを、通行人に小銭を投げ入れてもらうためのものだろうと思っていたが、よく見てみると、その傍にバナナが並んでいる。とすると、そのカップに本物のコーヒーが入っていてもおかしくはないことになる。

もしかしたら、彼は物乞いなどではなく、単に往来で静かに読書をしているだけなのではあるまいか。しかし、そうだとしたら、なぜそんなところで読書をしなくてはならないのだろう。

はて？

まったく！

ラオスの首都、ビエンチャンの少し奥の山岳地帯にヴァンヴィエンという町がある。そこは、かつてヒッピーたちの聖地だったが、いまや、韓国の観光資本の流入によって、町の通りはハングルの看板で埋めつくされ、韓国語を声高にしゃべる人たちが闊歩するようになってしまった。私は町のはずれのホテルに泊まったため、その喧騒とは無縁でいられることを感謝したが、一難去って、また一難。

そのホテルは、川を挟んだ向こう側に、まるで中国の桂林で見るような幽玄な山並みの景観を持っている。私は庭の長椅子に寝そべってぼんやり景色を眺めるという至福の時間を持つことができていた。

ところが、残念なことに、昼になると、どこからか拡声器でラオスの歌謡曲のようなものがエンドレスに流れてくるのである。参ったなあ。それが一日目。二日目になると、仕方がないか。ところが、三日目になると、その訳のわからない歌謡曲が聞こえてこないと寂しくなってくるではないか。人間というのは、本当に不思議なものだ。

まったく！

宣言

ラオスのビエンチャンにはメコンのほとりに野外レストランが立ち並ぶエリアがある。

私もビエンチャンに滞在中は、夜になると涼しい風の吹くそのエリアで食事をすることにしていた。

その最初の日、席に座って、注文を取りに来た少年の顔を見て驚いた。薄く化粧をしているのだ。裸電球に照らされて口紅が赤く揺れている。

少年の化粧は、たとえば隣国タイにあるバンコクの歓楽街では珍しくはないが、さすがにラオスではあまり見かけない。もしかしたら、彼はそのようにしてカミングアウトをしているのかもしれなかった。

化粧をしたその少年は、単にできあがった料理の皿を運んでくれるだけでなく、グラスとか調味料とか、客に必要なものはないか眼を配り、なにくれとなく世話をしてくれる。

最初は驚かされたが、毎晩その店に通ううちに少年が美しく見えるようになってきた。

そして、最後の夜に別れの挨拶をかわしたときは、彼のそのカミングアウト、宣言が、幸せな結果を生んでくれればいいのだがと祈らないではいられなかった。

白い航跡

フィンランドのヘルシンキから、エストニアのタリンまで、空路で三十分ということになっている。しかし、実際に乗ってみると、離陸した飛行機は、いったん上昇するが、次の瞬間、もう下降を始めているという凄まじさだ。実感としてはフライトの時間は十五分あったかどうかだったのではないかと思えるくらいである。一国の首都からもうひとつの国の首都まで、これほど短時間に移動できたのは初めての経験だったかもしれない。

だが、これが船になると、それなりの時間がかかり、若干の旅気分を味わうことができる。

タリン発ヘルシンキ行きのフェリーに乗り、船尾の甲板に出ると、車椅子に乗った老女が遠ざかるタリンの街をじっと眺めている。やがてタリンの街が見えなくなっても、ほとんど微動だにしないで視線を海に向けつづけている。

何を見ていたのか？

眼をやっていたのはたぶんこの船の白い航跡だろう。しかし、本当に見ていたのは航跡から浮かび上がってくる自分の人生だったかもしれない。

光の中で

不思議なものだな、と思った。

私はエストニアのタリンからフェリーに乗ってヘルシンキに向かっていた。

その船尾の甲板で、じっと航跡に眼をやっている老女を見て、私はそこに「人生」を感じていた。

ところが、船尾を離れて船腹の甲板に向かうと、ひとりの若者が手すりにもたれ掛かるようにして海に視線をやっている姿が眼に入ってきた。

上空にある太陽の光が海面に反射してキラキラと輝いている。

若者はその光を全身に浴びている。だからだったのだろうか。先の老女と同じように海面に視線をやっているにもかかわらず、私は彼に「人生」を感じるより、「青春」を感じていた。遠ざかるタリンではなく近づくヘルシンキについて、失ったものではなく得ようとしているものについて思いを巡らしているのではないか、と。

もちろん、彼もまた、そこに、光り輝く「未来」ではなく、暗く沈んだ「過去」を見ていたのかもしれないのだけれど。

坊やに完敗

フィンランドのヘルシンキで、繁華な通りのひとつを歩いていた。

その一角で、路上のパフォーマーが、何本もの空き瓶にアンプをつなぎ、それを叩いてさまざまな音を出しているのを見かけた。私は一ユーロのコインを投げ入れ、その幻妙な音色に聴き惚れたが、他に足を止める人はいない。

ところが、そこに、左手に風船、右手にウサギの縫いぐるみを持った男の子が現れ、不思議そうに眺めはじめると、通行人がひとり、またひとりと足を止めるようになるではないか。そして、瞬く間に小さな人垣ができてしまった。

やがて、あとから追いついたお母さんにその坊やは連れて行かれてしまったが、一度できた人垣は崩れなかった。彼は、まさに「客寄せパンダ」ならぬ「客寄せ坊や」だったことになる。

私は、客を立ち止まらせるという役まわりにおいて、彼に完敗してしまったのだ。

もちろん、路上のパフォーマーのためには、その完敗は大いに喜ばしいことではあったのだが。

暴走族？

それは夕暮れどきのことだった。フィンランドのヘルシンキの中央駅を出て、ホテルに向かって歩きはじめると、小学生くらいの男の子が五人、キックボードに乗って現れた。そして、あまり人気《ひとけ》のない駅前広場で、しばらく隊列を作って「暴走行為」を繰り返すと、素早く横断歩道を渡って街の中に消えていった。

私は、その後ろ姿を見送りながら、なんて気持がよさそうなのだろう、自分も子供の頃に乗ってみたかったな、と羨ましくなった。

そんな風に感じる大人は私だけではなかったらしく、以後、ヨーロッパのあちこちで、街にキックボードのレンタルスタンドができたというニュースを眼にするようになった。しかし、それは「電動」であり、足で蹴らない、キックボードならざるキックボードであるらしい。

最近、東京でも多く見かけるようになった電動キックボードには、ただ危なっかしく思えるだけで、ヘルシンキのチビッ子暴走族に対して抱いたような羨ましさを、少しも感じないのはどういうわけだろう。

書店の未来

ロンドンのピカデリー・サーカスからグリーン・パーク方面に歩いて少し行くと、通りの左側に大きな書店が見えてくる。

ある日の午後、そこに立ち寄ると、珍しく客があまりいない。それもあってのことだろうか、ベビーバギーに幼い男の子を乗せたお母さんが、棚の前に立ってゆっくり本の品定めをしている。

私はそこを通り過ぎ、本を一冊買って戻ってきたが、その親子はまだ本棚の前にいる。さすがに男の子は眠り込んでいる。もしかしたら、この男の子は、お母さんに連れられてよくここに来ているのかもしれない。ちょっと生意気に足など組んでいるが、リラックスしているのは確かなようであるからだ。

この男の子は、大きくなっても、書店を心地よい場所と思いつづけてくれるだろうか。あるいは、本の匂いを嗅ぐとアレルギーを起こすというような若者になってしまうだろうか。

いや、それ以前に、彼が成長するまでこの書店が存在してくれているだろうか……。

Slow Burn City
WALK THE LINES
EAST LONDON

羨ましいな

いまや、外国の都市を歩けば至るところでぶつかる「スターバックス」だが、ずいぶん変わった場所や建物を利用して店が出されていたりする。

私も、世界一美しい眺望を持つと言われるアメリカ西海岸の店や、旧日本統治時代の建物内にある台北の店でコーヒーを飲んだことがある。

ロンドンでモンタギュー通りの小さなホテルに泊まっていたときは、地下鉄駅に向かう途中のスターバックスを見ながら、いつも羨ましく思っていた。なんと、その店は大英博物館の真正面にあり、ガラスには入り口の大階段が映り込んでいたりする。

店内では、学生のような客がＰＣのキーを叩く姿をよく見かけたが、その勉強姿が羨ましくてならなかったのだ。別に、大英博物館を見ながら勉強したからと言って、急に賢くなったりするわけでないことは充分承知の上だった。だが、勉強に飽きたり、疲れたりしたら、いつでも、何度でも大英博物館に入って、自分のお気に入りの「作品」や「遺物」を眺めて気分転換ができる。

なにしろ、大英博物館は「入場無料！」なのだ。

More seating

青春のシルエット

台湾の台北にいて、地下鉄の淡水信義線に乗り、終点の淡水まで行った。

夕方、用事を済ませて、海沿いの道を歩いていると、遠くの防波堤に若いカップルらしい二人が腰を下ろして海を見ていた。何か話していたのかもしれないが、もちろん遠くなのでこちらまで聞こえてくるはずがない。

私も立ち止まり、しばらく海を眺めていると、二人のうちの若い女性の方が立ち上がった。

すると、男性が片手で支えた体を浮かせ、反対の手を女性の方に差し伸べた。

引っ張ってくれとでも言っているのだろうか。

いや、私には、それはもっと別な、道化た言葉を発している姿のように思えた。

二人の、そのパントマイムのような動きは、私に「青春」というものの滑稽さと、等量の甘やかさを感じさせるものになった。

次の瞬間、男性が体操の選手のような動作で素早く体を起こすと、二人は肩を並べ、何事もなかったかのように防波堤の出口に向かって歩きはじめた。

謎

遠くから、犬を三匹連れた老人がやってくる。犬たちは三匹ともシベリアン・ハスキーのような大型犬だ。

散歩、かとも思ったが、近づいてくるに従って奇妙なことがわかってきた。なんと犬たちにリヤカーのような、三輪自転車のようなものを引かせているのだ。

なんのために？　犬橇《いぬぞり》大会のトレーニング？　だが、ここはアラスカでもなければグリーンランドでもない、フランスはパリ近郊の田園地帯なのである。

ひょっとしたら、近所づかいの乗り物なのだろうか。ちょっとしたお使いに、犬たちに引いてもらっているのかもしれない。

しかし、それにしては老人の顔つきが真剣すぎる。やはり、犬たちをトレーニングしているように思えなくもない。

私の横を通り抜けるとき、軽く挨拶をしたのだが、真っすぐ前を見たまま無言で過ぎていった。

あの老人と犬たちは何だったのだろう。謎だ。

神業〈かみわざ〉

それは日曜日の昼下がりのことだった。

私はスペインのバスク地方にあるオンダリビアという小さな町にいて、散歩をしている途中で雨に降られた。ちょうど開いていたバルに飛び込むと、カウンターではバーテンが二人の客のために、白ワインをグラスに注ごうとしているところだった。

私が咄嗟に「僕にも同じものを一杯」と頼むと、「はいよ」という感じでグラスをもうひとつ並べ、ボトルから注ぎはじめた。

相棒と無駄話をしながらというのに、三つのグラスに注がれたワインの量は寸分違《たが》わず、グラス内のワインの三つの線が一直線になった。

神業！

私は内心ひそかに唸り、カウンターに並べられているいかにもおいしそうなピンチョス、バスク風のつまみと一緒に、大いに満足してその白ワインを飲んだものだった。

そんな何でもない旅の一齣《ひとこま》が、しばらく異国に出られなかったりすると、妙に懐かしく思い出されることになる。

89025

曠野《こうや》の祈り

私には、旅先で、何か記念になるような土産物を買うという習慣がない。

それは、心のどこかに、いつかまたここに来ることもあるだろうから、という根拠のない思いが存在するからなのだ。

しかし、写真の整理をしていて、不意に、こんな一枚が現れると、さすがに思わざるを得なくなる。

私は、この地に、もういちど行くことがあるのだろうか、と。

四十数年前のその日、私は、アフガニスタンの首都カブールから、第二の都市であるカンダハルへ行くため、長距離バスに乗っていた。

途中、曠野のど真ん中でトイレ休憩があったりすると、人々はメッカの方角に向かって祈りを捧げはじめる。

私は、あの曠野を、また通ることはあるのだろうか、そして、あのような敬虔《けいけん》な祈りに出会うことはできるのだろうか。

その可能性は……たぶん、ない。

旅路

フィンランドのヘルシンキは海に面している。

そのエテラという港にあるマーケット広場で遅めの昼食をとった日のことだった。

時間があったので、海沿いの坂道を登り、ヘルシンキ大聖堂とウスペンスキー寺院という、ヘルシンキで最も有名な二つの寺院を同時に眺め渡すことのできる地点で写真を撮っていた。

すると、その坂道を、重そうなキャリーバッグを曳《ひ》いた初老の夫婦が、ゆっくりと登ってきた。さしてきつい坂ではないが、その歩みはかなり遅く、顔つきも険しい。

ようやく坂を登り切ると、あとはゆるやかな下りになっているが、二人は無言のまま、私の前を通り過ぎていった。

あのキャリーバッグには何が入っているのだろう。二人はここの住人で、どこかで何かの買物をしてきたのだろうか。それとも、彼らは旅人で、この先のホテルにチェックインするのだろうか。

どちらであっても、二人が長い旅路を共にしてきたことだけは間違いないようだった。

ファースト・コンタクト

マカオには、なんということもない公園の奥にパンダがいる建物があって、無料で見ることができたりする。

見物人もまばらで、いつまで檻の前で見ていてもいいらしい。

日本のパンダ好きの人なら狂喜しそうだが、私にはそのありがたみがよくわからない。

正直に言うと、私はあまりパンダをかわいいとは思っていないところがあるのだ。

しかし、そんな私でも、パンダがいる檻の前に立ったりすると、つい何枚も写真を撮ってしまう。それは、結局、私もパンダがかわいいと思っているからではないか。

そう考えられなくもないが、さらに正直に言うと、パンダを撮っているところに、人間の子供が現れたりすると、やはりレンズをそちらに向けないわけにはいかなくなる。

檻の前で、幼女と出くわした赤ちゃんが、自らの関心を表現すべく手を差し伸べたりしている姿など、私には、むしゃむしゃ笹を食べているパンダよりはるかにかわいいものに思えるからだ。

四人組

タイのスコータイでちょっとしたリゾートホテルに滞在しているときのことだった。いつものように広い庭に面したレストランで気持のよい朝食をとった後、部屋に戻ろうと歩いていると美しい女性の一団から声を掛けられた。言葉はよくわからないがスマートフォンで自分たちの写真を撮ってくれないかと言っているらしい。

お安い御用ですとシャッターを押す役を引き受けた。どうやら、八十八歳の誕生日を迎えた母親を三人の姉妹が旅に連れ出したのであるらしい。

彼女たちのために記念写真を撮った後で、私のカメラでも撮ってよいかジェスチャーで訊ねた。

「もちろん！」

たぶん、皆でそう言ってくれたのだろうと判断し、カメラを構えた。

八十八歳の母親の娘なら、少なくとも五、六十代にはなっているだろう。だが、母親を含めたその女性たちは、滅多に遭遇することのない、実に明るく美しい佇まいの、そしてよく似た四人組だった。

遺跡が息づくとき

タイのバンコクから、北部の都市であるチェンマイにバスで向かっているときだった。途中、中間地点のスコータイという町で二泊することにした。そこには、タイ文字を生み出したスコータイ王朝の遺跡があるという。

着いた翌日、ホテルで借りた自転車で、その遺跡群を見てまわった。

カンボジアのアンコールワットが「荒れ果てた廃墟」の気配を残しているのに対し、このスコータイの遺跡は「整理された廃墟」というような静かな佇まいのところだった。

ところが、ある大きな石仏の前で、ひとり額《ぬか》ずいている老女を見かけた。仏前にはささやかなお供え物がされているらしい。

すると、それまで、ただの死んだような遺跡に過ぎなかったその空間が、不意に厳かな祈りの空間に生まれ変わるのを覚えた。

その老女は、三十分余りも石の上に座り、祈りつづけた。

私は背後で立ったままだったが、いつしかその老女と共に、その仏の前で額ずいているような敬虔な気分になってきた……。

ふたりはハカリ

タイのスコータイにワット・シーチュムという仏教遺跡があって、ほとんど野ざらしに近い状態でアチャナ仏が安置されている。

アチャナ仏はスコータイ最大の座像で、確かに大きいのだが、写真ではその大きさがうまく表現できないのが残念だった。

ところが、夜になって、昼間撮った写真を眺めているうちに、巧まずしてアチャナ仏の大きさがわかるようになっている一枚を発見した。

ワット・シーチュムをぶらぶらしているとき、二人の小坊主さんと言葉を交わすことがあり、別れ際に記念写真を撮った。

その一枚は、アチャナ仏の横で撮らせてもらったのだが、なんとそこにアチャナ仏座像の一部が写っていたのだ。

手。それも指だけ。

しかし、その指は小坊主さんの背丈よりも長いときている。つまり、その二人の小坊主さんたちは、アチャナ仏がいかに大きいかの計器の役割を果たしてくれていたのだ。

天上天下

タイには四万近くの寺院があると言われている。当然、首都のバンコクにも多数あるが、先日、私はそのひとつで、中心部からは少し離れたところに位置するワット・パクナムという寺院を訪れた。

それは、最上階にエメラルドの仏塔があるということで知られるようになった寺院だが、私には、そこに行く途中の大広間のようなところで、疲労のせいか椅子に座ってクタッと眠っている老女の姿が印象的だった。なにしろ、眠りながら、お釈迦様のように天を指さしているのだ。

「天上天下《てんじょうてんげ》唯我独尊」

生まれたばかりのお釈迦様は、そう言って天を指さしたという。もっとも、お釈迦様は右手の指で天をさしたらしいが、おばあさんは左手で天をさしている。

それにしても、おばあさんは眠りながらどうして天を指さしたりしているのだろう。

不思議に思って近づいてみると、なんと、単に手の指がマスクの紐に引っ掛かっているだけのことなのであった。

最後の一杯

ヴェトナムのホーチミンでは、いつものように宿はマジェスティックだった。そして、明日は移動という最後の夜、これもまたいつものように屋上のバーで酒を飲んだ。

サイゴン川から気持のよい風が吹いてくる。

最後の一杯を何にしようと考えて、やはり「ミス・サイゴン」だろうと思った。初めてこのマジェスティックに泊まったときも、出発の前夜にはそれを注文したのだった。

運ばれてきた「ミス・サイゴン」は、サイゴン川の対岸のネオンに照らされて、美しい色を見せてくれている。

そのグラスに入ったカクテルを飲み干したとき、この一杯が、旧サイゴン、ホーチミンでの私にとっての最後の一杯になるかもしれないという気がして、ドキリとした。

私は、もしかしたら、この先、二度とホーチミンを訪れることはないかもしれないと思ったらしいのだ。

それには何の根拠もなかったが、最後の一杯、という言葉が私を妙に感傷的にさせてしまったらしい。

キューピーさん

イタリアのヴェニスに滞在中のことだった。

食材を買うため近くのスーパーマーケットに行く途中、小さな教会の前にある狭い石畳の空間で、男の子たちがボール蹴りをしながら遊んでいた。

私がそれをぼんやり眺めていると、小さな女の子がよちよちと歩いて近づいてくる。キューピー風の人形を抱いているが、その女の子の方がはるかに可愛いキューピーのようである。

その女の子が、何か言いたそうにしている。なあに？　日本語で訊ねたが、もちろん理解できない。それでも、二人で顔を見合わせてニコニコしあっていると、道を挟んだところにある食料品店から、イスラムの黒いニカーブを着た女性が出てきて、女の子のところにやってきた。そして、その女の子の手を引くと、急ぎ足で歩き去ってしまった。

ニカーブには長い宗教的、文化的な歴史があるのだろうが、やはりどこか息苦しさを感じさせるところがある。あのかわいい女の子も、成長すると黒いニカーブで眼以外のすべてを隠さなければならないのだろうかと思うと、ほんの少し胸が痛んだ。

ふらふらと

それは秋の終わりか、春の初めだったような気がする。というのは、いくらか寒さを覚えるような季節だったような印象があるからだ。

私はフランスのパリからイタリアのヴェネチアに向かう列車の旅をしていた。途中、スイスのベルンで下車し、夕方の早い時間にホテルにチェックインをした。

ベルンは熊にちなんだ名前ということだったが、その旧市街は、最も繁華な通りも、日曜日の夕方ということもあったのか、のんびりとした静けさに包まれていた。私がゆっくり沈む夕日を浴びながら通りを歩いていると、眼の前をひとりの若い女性が歩いていく。

その薄い亜麻色の髪が、夕日を浴びて、細く、長く、透き通るように輝いて見える。私はあまりの美しさに、ついふらふらと後をついて歩きたくなってしまった。

しかし、それでは、「ハーメルンの笛吹き男」についていく子供たちと同じになってしまう。

危ない、危ない。

私は背後から写真を一枚撮らせてもらい、彼女から離れることにした。

お年玉

私は東京に住んでいるが、自分の家から仕事場まで、三、四十分ほど歩いて通っている。その仕事場に着き、窓のカーテンを引き開けるときはいつもスリルを味わう。

――今日は見えるだろうか？

その窓からは、晴れて空気が澄んだ日は富士山が見えることになっているのだ。

富士山が見えた日は、一日、何かの御褒美を貰ったような浮き浮きした気分で過ごすことができる。

先日、タイのバンコクから東京に戻る飛行機の中で、ふと窓の外を見ると、雲の間から富士山が顔を出しているではないか。いささか遠くてぼんやりしてはいるが、夕方の陽光を浴びて、こちらに挨拶をしてくれているように思えないでもない。

それまで、旅を切り上げ、帰国しなくてはならなくなったことを、どこかで寂しく思っていたはずなのに、ただ富士山を見られたというだけで、急に弾んだような気分になってきた。まさに、それは、私にとって季節外れのお年玉を貰ったようなものであったのかもしれない。

あとがき

かつて私は旅にカメラを持っていくということがなかった。旅に荷物は少なければ少ないほど快適になると信じている私は、カメラのように重くてかさばるものをザックに入れておく気がしなかったのだ。

ところが、一九九〇年代に入り、二十世紀の最後の十年を、私が移動する空間だけでも記録してみたいと思うようになり、旅にカメラを持っていくようになった。

しかし、その十年が過ぎても、旅にカメラを持っていくことをやめなかった。旅にカメラも悪くないな、と思うようになったからだ。

私にとってカメラを持つことの最大の効用は、世界に「つまらない場所」というのが存在しなくなったことである。カメラを持っていると、そして、それで撮ろうとすると、美しい場所は美しい場所として、醜悪な場所は醜悪な場所なりに、それぞれに興味深く、面白い場所となる。つまり、「つまらない場所」というのが存在しなくなるのだ。

場所だけではない。カメラで捉えようとすると、どのような人物にも、単に眼で見たのとは異なる、別種の個性、別種の輝きが秘められていることに気がつく。その意味で、やはり、「つまらない人」というのが存在しなくなる。これは、旅におけるとても大きな発見だった。

私が、雑誌「ＶＩＳＡ」に、一枚の写真に五百字ほどの文章を付すという連載を始めて二十年以上が経つ。そして、その連載の中から八十一篇を選んで、このたび、『旅の窓』に続く二冊目の本として『心の窓』が刊行されることになった。

雑誌の連載に関しては、編集部の小山恵里果さんが常に心配りの行き届いたサポートをしてくれており、また、出版に関しては幻冬舎の有馬大樹氏が『旅の窓』と同じく瀟洒《しょうしゃ》な本を作るために力を尽くしてくれた。

いま、私は、この『心の窓』がどのような本に仕上がってくるか、刷り上がるのを楽しみに待っているところだ。

沢木耕太郎

〈著者紹介〉
沢木耕太郎　1947年東京都生まれ。横浜国立大学卒業。79年『テロルの決算』で大宅壮一ノンフィクション賞、82年『一瞬の夏』で新田次郎文学賞、85年『バーボン・ストリート』で講談社エッセイ賞、2006年『凍』で講談社ノンフィクション賞、13年『キャパの十字架』で司馬遼太郎賞、23年『天路の旅人』で読売文学賞を受賞する。他の著書に『深夜特急』『檀』『無名』『世界は「使われなかった人生」であふれてる』『「愛」という言葉を口にできなかった二人のために』『旅の窓』などがある。

本書は「VISA」に掲載された「feel 感じる写真館」（第90回〜191回）を、
書籍化にあたり加筆・修正し、再構成したものです。

心の窓
2024年5月20日　第1刷発行

著　者　沢木耕太郎
発行人　見城 徹
編集人　菊地朱雅子
編集者　有馬大樹

GENTOSHA

発行所　株式会社 幻冬舎
〒151-0051 東京都渋谷区千駄ヶ谷4-9-7
電話：03（5411）6211（編集）
03（5411）6222（営業）
公式HP：https://www.gentosha.co.jp/
印刷・製本所：中央精版印刷株式会社

検印廃止

ISBN978-4-344-04271-1 C0095

この本に関するご意見・ご感想は、
下記アンケートフォームからお寄せください。
https://www.gentosha.co.jp/e/